D1882120

काफ़िर

21 अगस्त, 1990 को पटियाला, पंजाब में जन्मे काफ़िर का मूल नाम भूपिन्दर सिंह है। उनका बचपन पंजाब के संगरूर में बीता, शुरुआती पढ़ाई भी वहीं से हुई। उन्होंने पंजाबी यूनिवर्सिटी, पटियाला से दर्शनशास्त्र में पी-एच.डी. की उपाधि प्राप्त की।

पंजाबी में उनका एक कहानी-संग्रह 'महासंभोग' प्रकाशित हो चुका है। उन्होंने पाब्लो नेरूदा की 'सवालों की किताब' का पंजाबी में अनुवाद किया है। सिनेमा, चित्रकला व अन्य कला-रूपों में उनकी विशेष रुचि है।

ई-मेल : john.kafir@gmail.com

शिव की छाती पर काली का पाँव

काफ़िर

राधाकृष्ण पेपरबैक्स

राधाकृष्ण पेपरबैक्स में
पहला संस्करण : 2023

राधाकृष्ण पेपरबैक्स : उत्कृष्ट साहित्य के जनसुलभ संस्करण

राधाकृष्ण प्रकाशन प्रा. लि.
जी-17, जगतपुरी
दिल्ली-110 051
द्वारा प्रकाशित

शाखाएँ : अशोक राजपथ, साइंस कॉलेज के सामने, पटना-800 006
पहली मंजिल, दरबारी बिल्डिंग, महात्मा गांधी मार्ग, प्रयागराज-211 001
वेबसाइट : www.radhakrishnaprakashan.com
ई-मेल : info@radhakrishnaprakashan.com

बी.के. ऑफसेट
नवीन शाहदरा, दिल्ली-110 032
द्वारा मुद्रित

मूल्य : ₹150

SHIV KI CHHATI PAR KALI KA PAON
Poems by Kafir

ISBN : 978-81-19092-07-9

क्रम

महानिर्वाण

उफनती नदी तैरना नहीं
डूबना सिखाती है।

किनारे पर पहुँचना कायरों का काम है।

नाव—
एक सहमे हुए आदमी की ईजाद।

सम्भावना

पिछली दफ़ा
मैं तब पूरी तरह से पैदा नहीं हुआ था
तुम भी अभी अंडे में ही थी
उस जानवर की तरह
जिसे निकलते की उसकी माँ खाना शुरू कर देती है
लेकिन ग़नीमत है; तुम ज़िन्दा हो

सो ये तैय रहा
कि अभी कुछ सम्भावना है।

बुत

आख़री अलविदा कहते हुए—
हम रोए
या चिल्लाए नहीं।

ये सदी की सबसे दुखद घटना थी।

डूबने का हुनर

वो तप कर सकती थी
एक पैर पर खड़ी रह कर।
सिर मुँडवाकर
भिक्षुणी हो सकती थी।

उसे पता थे तैरने के सारे क़रीने लेकिन
वो डूब गई कश्ती हाथ में लिए
एक अबोध समंदर में

भ्रमजल

आग—
लिखा होता है रेत भरी लाल बाल्टियों पर।

इश्क़ मैं 'इ' से नहीं लिखता।

हिज्जे की हर ग़लती
प्रेम और कविता के ख़िलाफ़ है।

प्रेमगीत और सम्भावना

ग़नीमत है :
तुम गा सकती हो
ग़नीमत है :
मैं अब भी सुन सकता हूँ।

बोध

तुम्हें प्रेम करते हुए—
मैं जान पाया
उस छोटी चिड़िया का नाम
जो हमारे पुश्तैनी घर के बाग़ीचे में
मेरे बचपन के दिनों से
गमले में लगे पौधे पर आकर बैठती थी,

मैं जान पाया
बहुत से फूलों के खिलने का
सही समय
सही गंध
सही रंग।

वैरागी

कुएँ के गिर्द किसी प्यासे की लाश नहीं,
कुएँ के भीतर मुर्दों का ढेर है।

विष पीने के बाद शिव मरते नहीं,
ना मीरा।
ना दोनों थकते हैं
नाचते-नाचते।

संदेसा

मेरे कमरे की इकलौती लकड़ी की खिड़की से
निकल आई है एक हरी कोंपल

बचपन में खोई प्लास्टिक की चिड़िया
अचानक कल मिल गई

बरसों बाद
फिर पढ़ी अपनी लिखी पहली प्रेम कविता

अभी मुलाक़ात हुई एक नए प्रेमी जोड़े से

तुम्हारे लौट आने की ख़बर सुनने के बाद।

मिन्नत

प्रेमिकाएँ ख़ुदकुशी करने लगी हैं।

जोगी लौटने लगे हैं—
घर।

पृथ्वी चपटी से गोल हो रही है।

चाँद ने घटानी-बढ़ानी बंद कर दी हैं
अपनी कलाएँ

अब तुम्हें लौट आना चाहिए
अब सृष्टि को
तुम्हारी ज़रुरंत पहले से
कहीं ज़्यादा है।

उसाँस

बुद्ध के महानिर्वाण पाने के बाद के
सारे धर्मग्रंथ
बिलकुल अलग लिखे गए होते
अगर,
बुद्ध ने ज्ञान प्राप्ति के कई वर्षों बाद
यशोधरा से मिलने पर
उनसे कहा होता :
'तुम्हारे प्रेम के समक्ष महानिर्वाण
मिट्टी का एक कण मात्र भी नहीं था।'

इतवार

मैं सटालिन को फ़ोन करता हूँ
अर्ज़ी भेजता हूँ
माओ को,
मिन्नत करता हूँ
हिटलर की,
लेनिन के आगे हाथ जोड़ता हूँ।

पर कोई भी
नहीं ख़ारिज कर पाता
हफ़्ते से :
इतवार को।

...और मुझे फिर तुम्हारे बग़ैर
काटना पड़ता है
एक और दिन।

मोक्ष

शाम का बदन जब
पड़ते-पड़ते नीला पड़ जाता है

तुम्हारे जाने का वक़्त होता है!

तुम्हारे कमरे तक साथ चलते हैं
एक-दूसरे को बग़ैर छुए
अलविदा कहते हैं।

मैं लौट आता हूँ
अपने कमरे में
और कई महीनों पुराने अख़बार पढ़ते हुए
ज़ोर-ज़ोर से हँसता हूँ,
उन्हीं ख़बरों पर,
जिन्हें पढ़ते वक़्त कभी
ग़ुस्से में
चीख़ा और रोया था।

(अ) बाधा

शिव इन्तज़ार नहीं कर पाते
पार्वती का,
और काट देते हैं
गणेश का सर।

मैं तुम्हारे इन्तज़ार में बैठा
सोचता हूँ—
तुम भीतर हो,
मैं बाहर,
लेकिन कोई गणेश नहीं है यहाँ

मर्म

दिल पे लगी चोट पर चाँद बाँधना
रवायत तो है,
उचित नहीं।

आधे-अधूरे आलिंगन
निषेध होने चाहिए
और प्रेमिका से शाम की मुलाक़ात :
नियति।

किसी का तुम्हारा इन्तज़ार करना
तुम्हें मिला वर है।

महायुद्ध की असल शुरुआत
राजा के क़त्ल से नहीं
तुम्हारे तग़ाफ़ुल से होती है।

नाच

महावीर भी, बुद्ध भी
यहाँ तक कि लल्ला भी
चले जाते हैं जंगल की तरफ़
बुद्ध लौट आते हैं वापिस
बस्ती में
बौद्ध के पश्चात

मगर मीरा नहीं भागती
वो जहाँ हैं वहीं नाचने लगती हैं

नानक यात्रा करते हैं
जहाँ तक कर सकते हैं
समझाते हैं
जितनों को समझा सकते हैं।
फिर लौटते हैं घर
और अपने अन्तिम सतरह बरस
सिर्फ़ धरती के एक छोटे-से टुकड़े पर अन्न उगाते हैं।

लेकिन मीरा
यात्रा नहीं करतीं,
जंगल नहीं जातीं,
समझाती नहीं,
वो महज़ नाचती हैं
गाती हैं।

प्रतीक्षा

सहन को खुलने वाले दरीचों पे लगे पर्दे पर
काजल की एक बारीक-सी लकीर है
ज़रा-सी नमी रह गई है उस पर

बैरागन

नदी जो बल खा के चलती थी
कोहसारों के बीच से
कुछ दिन गुज़रे, सूखने लगी है।

सारा घर बाँझ कहता है उसे अब।

समर्पण

...हम भर लेते हैं
एक-दूसरे को बाँहों में
और
अपने-अपने बदन
छोड़ देते हैं
भौतिकी के बुनियादी नियमों के सहारे।

राग

एक लम्बी यात्रा के बाद
मैं रुका
मैंने ग़ौर से
तुम्हारे चेहरे
तुम्हारी आँखों
और गर्दन को देखा

तुम्हें गाते सुना

और यकलख़्त मैं जान गया—
शिव के वैराग्य छोड़ने का कारण।

बोलते गूँगे का गुड़

ज़मीन पर बिना एक क़दम रक्खे
मैं पूरी करता हूँ :
एक महायात्रा,
बिना भीगे
मैं तैरकर पार कर जाता हूँ
दुनिया की सबसे चौड़ी नदी।

बहुत बोलता हूँ
लेकिन बात नहीं करता।

नाज़िम हिकमत कहता है—
तुम्हें प्यार करना
नमक चुपड़ी रोटी खाने जैसा है

मेरे पास रोटी और नमक नहीं है।
फिर भी मैं उसके स्वाद के बारे में
आपको ठीक-ठीक बता सकता हूँ।

निर्वाण से निजात

तुम्हें देखते ही
मैंने तय किया :

बुद्ध ना होना।

आषाढ़

उससे कभी किसी औरत ने
प्रेम नहीं किया

पर वो मुसलसल
लिखता रहा : प्रेम कविताएँ।

ज़रा-सा

मैं अब उसके इतने क़रीब हूँ
कि उसका हाथ पकड़ सकता हूँ,
उसे गले लगा सकता हूँ,
और अलविदा कहते वक़्त
उसका माथा चूम सकता हूँ।

मैं अब उसके इतने क़रीब हूँ
कि सिर्फ़ उसका हाथ पकड़ सकता हूँ,
फ़क़त उसे गले लगा सकता हूँ,
और अलविदा कहते वक़्त
महज़ उसका माथा चूम सकता हूँ।

चुप

'तुमने ऐसा क्या पा लिया इन सारे वर्षों में?'
यशोधरा पूछती हैं बुद्ध से उनके मिलने पर

कथा है—
बुद्ध मौन हैं यहाँ

मुझे लगता है—
वो चुप हैं।

जाग

27 की उम्र में उसने
पहली बार ध्यान दिया :
बसंत के खिलने पर।

देह-1

तुम्हारी नाभि :
मुझ कुम्हार का
तुम्हें बनाते वक़्त
अँगूठे का आख़री लम्स।

•

तुम्हारे कुचाग्र :
ख़ुदकुशी के लिए बनाया गया
सबसे ऊँचा परबत।

•

तुम्हारी पसलियाँ :
तमाम नदियों के
नाख़ूनों से खोदे रास्ते

•

तुम्हारा बदन :
एक नवजात की
पृथ्वी जितनी भारी देह

•

तुम्हारा पता :
ईश्वर का गर्भ

•

तुम्हारी योनि :
बोने से पहले जोती गई
गीली मिट्टी

•

तुम्हारी रीढ़ :
महायात्रा पर निकले
साधु के पदचिन्ह

•

तुम्हारी कमर :
कुम्हार के हाथों में
चाक पर घूमता-आकार लेता
गीली मिट्टी का बर्तन

देह-2

एक स्वर ऐसा भी है
जिससे देह में कहीं
आवाज़ सुनने के यंत्र जैसा
कुछ पैदा हो जाता है।

अब दरवाज़े महज़ बाहर जाने के लिए थोड़े हैं।

उँगलियों की मुक्ति छूने में है
होंठों का निर्वाण चूमने में।

देह तड़पती है देह के लिए।
एक ईश्वर है—
जो आत्मा नहीं
सिर्फ़ देह चाहता है।

देह-3

अग्निशामक यंत्र नहीं बुझा पाए देह की प्यास।

देह की दूरी बालिश्तों से नहीं
बिस्तर पर बिछी सपाट चादर से नापी।

ख़ुद को जलाने के लिए
मुझे दो—
एक गरम साँस
एक तवील लम्स।
और टँगी रहने दो
रेत-भरी बाल्टियों को दीवार पर।

नग्न-1

तुम्हारे पैदाइश के लम्हे
पहले-पहल
तुम्हें किसी भी उस शख़्स ने नहीं देखा
जिन्हें आने वाले दिनों में तुम्हारे प्रेम में पड़ना था।

और ये अच्छा ही हुआ!

नग्न-2

मकड़ी के जालों से
उसने बुनी एक ख़ूबसूरत पोशाक,
मगर जो लोग देखते
तो उसे नग्न ही समझते।

तमाम उम्र
उसके खाने में रहीं
महज़ तीन चीज़ें :
शिव की भाँग
बुद्ध के कमल की पंखुड़ियाँ
और ख़ूब सारी आग।

नग्न-3

तुम्हारी देह में
महक है तुम्हारी दादी की छातियों की,
तुम्हारी माँ के गर्भ की,
तुम्हारे पिता के होंठों की,
और तुम्हारे तमाम पूर्व प्रेमियों की आँखों की।

तुम्हें वर है :
हर सुबह नहाते ही
हो जाती हो वापिस कुँवारी,
फिर फिर नई,
मगर बदन से नहीं जाती
ये महक

हर रात अपने ही प्रेम में भस्म होकर
सुबह फिर पैदा हो जाती हो
अपनी ही राख से

...और फिर से
तुम्हारी हँसली में तैरती हैं जलपरियाँ,
मूँह खोलो
तो दिखता है पूरा ब्रह्मांड

(अ) विधि-1

उसने कश्तियाँ उल्ट दीं
और उन पर बिछा लिया बिस्तर,
सारी पतवारें टाँग दीं
सजावट के लिए दीवार पर।
तमाम टोटके किए
रुकने और चलने के।

टोटकों की उम्र उससे लम्बी निकली।

दरख़्त के सभी घोंसले जलाए
उड़ा दिए सारे परिंदे

मगर जब वो थककर बैठ गई
उसे दिखा—
उसके पैरों के बिल्कुल नीचे थीं :
बोधिवृक्ष की जड़ें।

(अ) विधि-2

उसने अपने पैरों पर
दुनिया के तमाम तावीज़ बाँधे,
मगर जितना चली
उतनी दूर तक
आगे बिछती गई रेत।

फिर घर लौटते ही उसने जाना कि
आँगन में खुलने वाला दरवाज़ा
घर के भीतर भी खुलता है।

कुआँ एक क़दम के फ़ासले का सफ़र है।

(अ) विधि-3

मैं सुन सकता हूँ

मैं देख सकता हूँ

मैं छू सकता हूँ

लक्षण-1

वो, जो होते हैं प्रेम में,
धीरे-धीरे
लुप्त होने लगती हैं
उनकी नाभियाँ।

लक्षण-2

सारे फ़क़ीर पैदा होते हैं
बिना गर्भनाल
और सारी प्रेमिकाएँ
अन्त में हो जाती हैं
गूँगी।

लक्षण-3

जन्मते ही उसने नहीं ढूँढी
माँ की छातियाँ,
पहले खोजी
माँ की नाभि।

मत्यु के बाद
उसकी देह पर
उगी मिली—
एक नई गर्भनाल।

विराट-1

नमक की मिक़दार बढ़ी
समंदर के लब सूखने लगे।

रीढ़ पर उग आए 33 फूल।

तुम्हारे पैरों से निकली जड़ें पहुँचीं
पृथ्वी के गर्भ तक,
हाथों ने छुआ अन्तरिक्ष,
84 लाख जीव-जन्तु तुम्हारी छाती से दूध पीने लगे।

तुमने प्रेम करना सीखा।

विराट-2

घर लौटते हर रात
उसे लगता—
चाँद उसका पीछा करता है।

इतनी भोली
कि फूँकों से बुझाती सूरज
और सितारों को जीभ से चाटकर-चमकाकर
फेंक देती आकाश में।

पर जब वो कहती—
"मुझे प्यार है तुमसे"
तो देवता तक
डरकर भाग खड़े होते।

विराट-3

चुम्बनों से नहीं जूठी होती देह।
ये अमावस रात में
तारों का नक़्शा हैं।

ईश्वर के चुम्बनों से भरी
तुम्हारी देह,
फिर भी
तुम्हें नहीं पहचान सका कोई,
सिवाए उसके
जिसके होंठों के निशान
ईश्वर के सारे बदन पर थे।

नसीहत-1

प्रेम करने से पहले
बहुत पहले!
सीखो—
प्रेम की तैयारी।

दहलीज़ के बाहर क़दम रखो
घर ढह जाएगा,
वो फ़क़त मट्टी है।

सूखती नदी से मत बुझाओ प्यास,
ना करो उसमें ख़ुदकुशी,
उसे बताओ—
फिर से झलकने का राज़।

नसीहत-2

जोगन मेरी!

बुख़ार में उबलती नदी के माथे पर
गीली ठंडी पट्टियाँ मत रखना

टोटकों के धागों से
नग्न मत ढँकना

और मरने से एकदम पहले
मत निकलना तीर्थयात्रा पर।

वंदना

ज्वर में तपती देह
होंठों से खोल दूँ।

काट लूँ दाँतों से तुम्हारी जीभ
पी जाऊँ सारा मौन।

सारी कविताएँ बाँध दूँ
तुम्हारी नाभि से।

रैन सुहाग की

चूमते हुए तुम्हारे कुचाग्र
मेरा यक़ीन लौट आया
माँ की छातियों पर।

•

तुम्हारे होंठ चूमते ही
हमारी नाभियों से
उगने लगी :
गर्भनाल

•

एक फ़क़ीर
जो सुनाता था हमेशा
शिव के वैरागी होने की कथा,
पहली बार
उसने कही
आँखों देखी
शिव की बारात की।

•

एक रात तुमने
घर छोड़ते गौतम का हाथ पकड़ा
और उसे बैठा आई
सोती हुई यशोधरा के सिरहाने।

निधि-1

देह से पहले
आँखें माँग लो।
होंठों से पहले हाथ।
जीभ से पहले मौन।

सोते हुए के साथ जगो।
जिसके साथ जाग ना सको
उसके साथ सोओ मत।

गले में फंदा ना डाल सको
तो यार की बाँहें डाल लो!

जाँना!
मुझे प्रेमी से फ़क़ीर बनाओ
और ख़ुद
जोगन से प्रेमिका हो जाओ

निधि-2

प्रेम को माथे में चढ़ते ताप-सा देखना
चमत्कार देखने जैसा है।

गूंगे का गुड़ है चमत्कार।

सुनने के लिए बहरा होना पड़ता है,
बोलने के लिए गूंगा।

छूने की पहली शर्त
आँख है।

आशीर्वाद

उस रात वो सोया नहीं
तुम्हारे अदृश्य पाँव चूमता रहा
तुम्हें प्रेम करता रहा।

उसे दिखा :
अंतरिक्ष में तैरती गंगा
शिव की जटाओं से
बहती आ रही है
पृथ्वी पर,
और भर रहा है उसका गर्भ।

सुबह जगा वो
तो हामिला था,
तुम उसके गर्भ में थी।

तख़लीक़-1

मेरे हाथ
जब तुम्हारी छातियों को गोलाई दे रहे थे
यकलख़्त
मेरा ध्यान तुम्हारी आँखों की जानिब गया
और पृथ्वी ज़रा-सी चपटी बन गई।

तक़लीफ़-2

दूध से उफनती छतियाँ
सूजी हुईं,
सूरज के आकार सा
उभरा हुआ पेट;
गर्म, फटने को तैयार,
एक नाग लिपटा हुआ पूरी देह पर,
पल-पल सूखते होंठों पर फिरती गीली जीभ,
पिघलती साँस
बदन के भीतर रगड़ खाती गुज़रती है,
एक चीख़ निकलती है तब :
इतनी नग्न!
जैसे ईश्वर जन्मता हो।

वसंत

दाँतों से
ब्रेल में लिखा महाकाव्य।
होंठों से पढ़ा।

देह पर उभर आए
चुम्बनों के ज़ख़्म

इतने
कि उन्हें देखते-भालते
हम लौट सकें
एक दूसरे तक,
ज़ख़्मों से उग आईं टहनियाँ;
पत्तियाँ-फूल।
और हर टहनी पर एक अलग चिड़िया।

तसल्ली

मुझे कोई मलाल नहीं
कि पैरों से नाप नहीं पाया
तमाम धरती को,
तसल्ली है—
कि माप पाया अँगूठे और पहली उँगली से—
तुम्हारी कमर।

जाप

सब्ज़ दरख़्त की मोटी एक जड़
रस्ता रोक के बैठी है!
गोया तुम नाराज़ हो के जा रही हो
मैं बाज़ू फैलाए
राह रोके खड़ा हूँ।

गुलमोहर पे फूल आए हैं!
दरवाज़े से बाहर निकलो
मेरे माथे पे
आ टिकते हैं।
रोज़ सुबहो
घर से रुख़सत करने से पहले
सुर्ख़ लबों से मेरे माथे पे बोसा देती हो तुम।

ये दरख़्त सफ़ैदे के
मेहरबां हैं!
शब भर जब तुम नहीं होती
लम्बी-लम्बी इसकी शाख़ें
तुम्हारे हाथ—तुम्हारी उँगलियाँ लगती हैं

तमाम रात चमकती हैं
तुम्हारी कमी नहीं खलने देतीं।

दो बेरियाँ खड़ी हैं
झुकी हुईं
ज़मीं को चूमती हैं!

मैं लेटा हूँ गोद में तेरी
तूने बाल अपने खोल रखे हैं।

तारकोल की सड़क के दोनों जानिब
अमलतास और गुलमोहर
लदे खड़े हैं फूलों से।
दोनों की शाख़ें मिलने की कोशिश करें एक-दूजे से,
हवा झटक देती है
शाख़ें अलग हो जाती हैं।

तुम देख के किसी पहचान वाले को
मेरे हाथों से अपना हाथ खींच लेती हो।

शीर्षासन

बरसों पहले, मिले थे—
चीख़ते-चिल्लाते!
दुनिया को गालियाँ बकते।

अब बिछड़े हैं—
चीख़ते-चिल्लाते!
एक-दूसरे को गालियाँ बकते।

अनुगूँज

उसने नहीं देखा था
कभी किसी औरत को नग्न
सिवाए अपनी माँ के

नहाती हुई माँ की पीठ देखी थी।
देखी थीं उसकी छातियाँ।

बरसों बाद उसे प्रेम हुआ (कई सम्बन्धों के बाद)
उसने देखी पहली नग्न-अर्धनग्न औरत।

उसने छुआ नहीं उसे,
बस निहारता रहा,
आँखें मूँदे,
माँ की पीठ पर साबुन मलता रहा।

बौर

मैं बूढ़ी हो रही हूँ
इतनी बूढ़ी
कि नहीं जन सकती बच्चा।

तुम छोटे हो रहे हो
इतने!
कि तुम्हें देखते ही
मेरी छातियों में उतरने लगता है दूध।

कामना

यात्रा शून्य से असंख्य तक जाना नहीं है।

तुम्हें चलना है वापिस
पीछे की ओर
और अन्त में लटकना है
मेरे गर्भ में उल्टा
एक पके फल की तरह।

मैं तुम्हें जनने का सुख भोगना चाहता हूँ।

महामाया

वो करवट लेती है

अँधेरे में
उसकी आँखें
उसके कुचाग्र
अंतरिक्ष में तैरते
नक्षत्र हैं

उसकी नथ
आधा चन्द्रमा

उसकी योनि
कोई आकाश गंगा।

प्रार्थना

तुम्हारे सारे प्रेमी
जन्मे तुम्हारे पेट से
और हर उर्स रात
तुम्हीं अपने होंठों से खोलती रही
उनकी नाभियों की गाँठ।

प्रेयसी!
अब मैं माँगता हूँ
तुमसे एक रतजगा।

छाती पर पाँव

प्रेमियों और फ़क़ीरों की असल उम्र
कोई नहीं बता सकता,
वो घटती-बढ़ती रहती है
चाँद की कलाओं की तरह,
जैसे मैं कुछ अरसे से हूँ
तुम्हारे गर्भ में,
और फिर भी
किसी क्षण भी तुम
रख सकती हो अपना पाँव
मेरी छाती पर,
काली की तरह।

सुरत

बुद्ध को जन्मते ही देखता हूँ,
देखता हूँ शिव का तांडव

प्रियेसी, तुम्हारे पैर चूमता हूँ
तुम्हें आशीर्वाद भी देता हूँ

नैवेद्य

जब उखड़ने लगे साँस
ना बोई जा सके दुबारा,
ना शब्द बचे
ना चीख़।
एक हिचकी लेना महज़।

सारे शास्त्र गिरा,
देह को लाँघ,
पैरों के रास्ते
मैं आऊँगा तुम्हारे गर्भ में,
तुम्हारे मौन में।

सजल

जैसे
अभी अभी जन्मे बच्चे के हाथ
टटोलते हैं माँ की नरम
भरी हुई छातियाँ

वैसे
मैं तुम्हें याद करता हूँ।

गिरह

माँ की छातियों से दूध पीने की
उसकी तलब
अभी भरी नहीं थी।

उसने देखा
पहली बार
अपनी प्रेमिका को नग्न।
...वो फूट फूट कर रोने लगा।

तर

तुम होती हो;
कमरा चुम्बनों से भर जाता है।

तुम नहीं होती;
कमरा चुम्बनों से भर जाता है।

वज्द

तुम्हें महज़ सुना मैंने।
देखा-भर,
चूमे तुम्हारे पैर।

तुम
रोती रही।
चेहरा :
जैसे जन रही हो बच्चा।
छाती :
जैसे बाढ़ में नदी।
हाथ :
जैसे अमरूद की टूटीं टहनियाँ।
पैर :
जैसे ज़मीन के ऊपर उग आईं जड़ें।

महाजीवन

फ़क़ीरों के गले नीले होते हैं,
प्रेमिकाओं के होंठ।

दोनों के पैरों को वर है चलने का
मन को ठहरने का।
उनके हाथ जब भी भिक्षापात्र बनते हैं
तो माँगते हैं बस साँस।

वो ज्वर में तपता है
और मुस्कुराता है,
वो अपने ही लब चूमती है;
शर्माती है,
वो हवा पर छोड़ता जाता है
पैरों के निशान
वो बदन पर नक़्शे बनाती रहती है
नाख़ूनों से।

महीने जेठ के भी
वो देह पर ओढ़े रहते हैं
महज़ आकाश।

ताप

सारे बदन पर उभर आईं नब्ज़ें।
वैद ढूँढ़ते रहे
ज्वर के कारण,
खोजते रहे जड़ी बूटियाँ।

एक पूर्णिमा
जब पृथ्वी-चन्द्रमा-सूरज एक क़तार में थे,
लहरें चाँद चूमने की कोशिश में थीं,
तपती देह लिए
चुपके से,
तुम नहा आई सागर में,
और तब!
ज्वर बदल गया ज्वार में।

प्रसाद

वो सोई दर्जनों मर्दों-औरतों के साथ,
देह को भोगा बरसों

मगर जब उसे
मिला वो प्रेमी,
जो चूमता था
महज़ उसके पाँव
वो फिर से कुँवारी हो गई।

अनुपाय

एक कुँवारी लड़की
अपनी छातियों से
पिलाती है दूध
अपने पूर्व प्रेमियों की बच्चियों को

एक बाँझ माँ
सुनाती है कविताएँ
गर्भ में मर चुकी
अपनी बेटी को

एक जोगन
लिखती है प्रेम कविताएँ
पढ़ती है अख़बार

एक बूढ़ी दादी
छुपा कर
देती है अपनी पोती को
ज़रा सी माटी,
खाने के लिए

एक बिनब्याही बूढ़ी
इकट्ठे करती है
प्रेमपत्र और चुम्बनों भरे रुमाल

कोई पैग़म्बर नहीं
महज़ औरत कह सकती है
मोक्ष को मिट्टी।
औरत नहीं सीखती कोई तरकीब
दुनिया भर के नुस्ख़े मर्द की ईजाद हैं।

निवेदन

प्रेमिकाओ!
शादीशुदा औरतो!
बचना फ़र्ज़ी पैग़म्बरों से।

माओ!
बेटियों से मत कहना
चाँद के दाग़ों को गड्ढे,
उन्हें चुम्बनों के निशान ही रहने देना
सागर की लहरों के।

पिताओ!
मसीहाई छोड़ देना
ताकि तुम्हारी बेटी
तुम्हारे नाम पर
रख सके अपने प्रेमी का नाम।

भाइयो!
महज़ एक बार
अपनी बहनों के कुँवारे गर्भ से पैदा होना।

सूत्र

प्रेम करने के बाद
चुपके से
बाँधना मुझे होंठों के घेरे में,
लबों से खोलना मेरी अँगड़ाई,
उँगलियों से मेरी देह की गाँठें।

धीरे-धीरे
दाँतो से उतारना मेरा बदन
और टाँग देना अलगनी पर,
तब!
मुझे प्रेम करना।

कीमियागरी

"इन्तज़ार को गाढ़ा मत करना
कि चुभने लगे अपनी ही साँस" तुमने कहा।

मैंने—
भीगी ज़मीन पर बिछाए जलते कोयले;
देह पर रखी देह।
साँस से सुनी
साँस की सिलवटें,
कानों से पढ़ी
आवाज़ की करवट।
दाँतों से काट-काटकर लम्स
बाँधता रहा तावीज़ की तरह
हमारी गर्दन पर।

"जल्दी आना"
मैंने महज़ इतना कहा।
मैंने इन्तज़ार को मीठा किया।

कस्तूरी

जैसे ईसा जन्मे
मरियम की कुँआरी कोख से;
मुझे अपने भीतर रखना।

ना जन्म देना मुझे
ना होने देना बड़ा।

मगर जब तुम्हें छोड़नी हो देह,
जनना मुझे तब,
और लौटना मेरे गर्भ में वापिस।
मैं करूँगा तुम्हें धारण;
जैसे मरियम की कुँआरी कोख में ईसा।

मंगलाचरण

लम्हा-लम्हा गहराती
साँस पर चलते
पहुँचे थे हम एक दूसरे तक।
देह और मन से उतार दिया था सब
पहले मिलन पर,
अँगूठी! झुमके! हार
सारे वस्त्र, सारे आभूषण,
और सारा दुख!
तुम्हारे पेट पर कान लगा
तब मैंने पहली बार सुना शून्य।

अनहद नाद
तुम्हारे पेट में जागते
असंख्य अजन्मे बच्चों की किलकारियाँ हैं।

आत्मशरण

सारे ख़म, मोड़, घुमाव
एक ही कुएँ तक पहुँचते हैं।
प्यास की उम्र क्षण भर है
और प्यासे की उससे भी कम।

सुहागन

बीती सारी शाम, सारी रात
आँधी चलती रही।

धरती
भूरे-हरे पत्तों,
टूटी टहनियों,
अमलतास और नीम के फूलों से लबालब है;
अस्त-व्यस्त
बिखरी हुई
जैसे प्रेम करने के बाद सेज होती है।

इतनी बेअदब!
इतनी निर्लज्ज!
इतनी सुन्दर!
कि बुहारे जाने पर असुन्दर हो जाए।

सुहाग का गीत

जैसे दो नाग लिपटे हैं
जैसे दरख़्त से लिपटी है बेल
जैसे सूरज से आग
मिट्टी से जड़ें
जैसे धारा लिपटती है झरने से,
जैसे नथनी चीरती हुई गुज़रती है नाक को,
जैसे एक भारी-भरकम पेड़
जड़ों समेत, गिरता है
विशाल और नग्न धरती पर,
जैसे टूटा तारा
पृथ्वी के भीतर प्रवेश करते ही
पकड़ लेता है आग,
जैसे ताप में जलती धरती
पी जाती है सारी बरसात
एक ही घूँट में,
जैसे गेहूँ के सुनहरी हो चुके खेतों से
आती है पकी रोटी की ख़ुशबू,
जैसे जलती हुई गीली लकड़ी से
रिसता हो पानी
निकलता हो धुआँ

सिंगार

तुम्हारी छातियों के बीच की जगह;
जैसे सूरज तले
नग्न लेटी
हरे घास की चरागाह।

मेरे होंठ
धरती के उस टुकड़े पर
चिड़ियाँ बोते है।

निर्जल

जिन लड़कियों को नहीं मिला प्रेम
सोलह की उम्र में
बीस की उम्र में
तीस या तैंतीस की उम्र में
चालीस या पचास या साठ की उम्र में भी नहीं।
वो बूढ़ी हो गईं
बहुत बहुत बूढ़ी!
बहुत बहुत छोटी उम्र ही में!

साँकल

"साँकल
दरवाज़े का सबसे ज़रूरी हिस्सा है"

पति ने पत्नी से कहा।

सभ्यता

क़त्ल करने के लिए
चाक़ू की जगह
बन्दूक़ का इस्तेमाल किया जाना।

पोस्ट ट्रुथ

हमने कहा—प्रेम।
उन्होंने सुना—प्रेम।

मगर
हमारे कहने और उनके सुनने के बाद
रेडियो-टी. वी. पर जो प्रसारित हुआ
और अख़बारों में जो छपा
वो कुछ और ही था।

बाज़ार

वन बी.एच.के फ़्लैट : बिकाऊ
या
दो बरस पुरानी सैकिंड हैंड कार
सिर्फ़ उनीस हज़ार मील चली हुई
चाहिए—ख़रीददार
या
एक लड़की या लड़का
एम.ए, अच्छी सरकारी नौकरी
ज़रूरत—वर या वधु

राष्ट्र

एक कारागार
जहाँ फ़ौजी जूतों की ताल पर
गाया जा रहा है—राष्ट्रगान

डर-1

राजधानी के बाहर
जंगल से
आवाज़ आती है—
"बुद्धम् शरणम् गच्छामि"

और राजा डरता हुआ
अपने बच्चों को
महल में छुपा लेता है।

डर-2

जब लोग एक-दूसरे के
प्रेम में पागल होने लगे।

उन्होंने जंग का ऐलान करना ही मुनासिब समझा।

✪✪✪